初欲

人類最初始的欲望
食慾

Primal Desire
Appetite, the most basic human desire.

作者：Katie Kang
攝影師：黃天仁

繭

廚師手掌上的繭，是經年累月拿刀的勳章。
這道厚實的繭，保護我們不再磨破皮受傷。

目錄

自序

回想起當年進入職場的第一份工作，是擔任台積電和聯園游泳教練，每天泡在水裡8到10小時是常有的事，身體經常冷得直發抖。母親知道這樣的狀況後，都會在上班前為我準備親自熬煮的薑茶，這是我第一次強烈感受到食物的「溫度」。而我也慢慢從原本單純在運動後想補充營養，到後來漸漸發覺自己對料理的熱愛，進而踏入餐飲界的領域。

離開游泳教練的工作後，我考取重量訓練和墊上核心證照，進入交通大學擔任健身房教練。擔任教練時，常被學生問到：運動後要怎麼吃才會長肌肉？要怎麼吃才會瘦？這些問題引起我對食物的興趣，甚至開始嘗試自己下廚做菜，為了精進廚藝到city super創意廚房擔任助理，也因此結識不同領域、不同專長的大廚們。因緣際會之下，遇到了我職涯中的第一位貴人——曾良泉老師，我人生的餐飲之路就此展開。跟隨老師在宜蘭無菜單料理學習，到轉戰新竹喜來登飯店的中餐廳歷練，終於在33歲那年獨自創立一個人的早午餐店，也開始迎接人生中各種的第一次挑戰與驚奇。

一路走來已經十幾個年頭，我對料理的熱情依然炙熱。希望藉由這本書將料理的入門訣竅，分享給想要開始嘗試下廚的人，也順便記錄自己成長歷程的一些心情及體會。書中會帶著大家熟悉瓦斯火力大小、鍋子的特性、拿刀的技巧，到如何煮出一道道令自己驚豔的料理。廚藝入門就好比練毛筆字，先練習筆怎麼拿得穩，才能進一步學習如何運筆，先臨摹字帖再練就出屬於自己的筆鋒。

「一個人不好煮」可能是大家的既定印象，餐廳的「手路菜（台語）」當然有其慢工出細活的料理順序與方法，但需要耗費相當多的時間，對於下班後已經精疲力盡的上班族，難免心有餘而力不足。因此本書大部分以1至2人的分量為主，提供相對簡單且容易操作的料理方式。我相信唯有快速又簡單的料理才能讓初學者跨過入門的門檻，進而願意常常下廚，反覆練習，變化出自己喜歡的黃金比例與味道，正所謂熟而後能生巧。

書中的小故事與心情小語，是創業5年來的有感而發，同時也記錄了自己內心的觀點與外在的感受，勉勵自己處事能更加成熟，日後回首來看看年輕時的自己，是否還保有當初的純真與天馬行空的想像。

感謝在一個人的早午餐店認識到的每一個人，因為有你們，我才得以成長得比別人快；因為有你們，我才得以在夢想的路上持續前進，更感謝家人一路上的支持，讓我有勇氣振翅高飛，去嘗試生命中未曾做過的事；去感受人生中未曾看過的風景。

推薦序一

　　堅強、固執、自律性極高的一個女孩子，有著極細心的思慮，朝著自己的目標一步一步的前進，知道她辛苦也不曾聽過她喊累。我是一個專業廚師，知道一個人的店有多麼的不容易經營，她做到了。期待她創造出更美好的人生，共勉之。

世界金牌賞主廚
曾良泉

推薦序二

第一次來到CB一個人的小店，馬上愛上這裡的核桃派，本身是做業務的，當然得嘴甜一下，從核桃派讚美到Katie，這個場景又特別容易說出：「核桃派已經很甜美，人居然還能更甜美！」。當知道這個核桃派是Katie特別跑去日本學的，更覺得這個小女生好有個性跟勇氣，而且是個使命必達的超級行動派。

第二次到店，Katie花了一些時間介紹她的四大菜系，雖然資質愚昧，無法深入理解箇中巧妙，卻漸漸地覺得她的菜色特別配白米飯跟酒，餐廳的氛圍也很能讓人放鬆，霎那間發現這就是我想要找的台版深夜食堂，而且比起日本版的大叔主廚，我們的美女闆娘當然更有超值幸福感。（聽說還有香港版跟大陸版，不過一樣都是大叔主廚。）

後來就越來越常來CB小店走動了，早餐、午餐、私人聚會、夜間包場……無役不來，還有一次特別請Katie做外燴，對我來說CB小店已經是算我的私人廚房了。每年年前也會順路來問一下，看當年度有沒有年菜外帶的服務，不過年菜不一定年年都有，這個得看運氣，詢問前得拜一下Katie，希望她能找出時間弄大菜。我個人的偷吃步是，逮到機會就包些年菜全家一起享用，沒有年菜也會弄個核桃派回去，吃甜甜過好年！

吃到後來還有一年特別拜託女兒暑假來CB小店打個臨時工，希望她找機會偷學一下，還真怕這個私廚被米其林發現，我就不容易進來了。

凱為科技董事長
黃台明

推薦序三

認識Katie是因為報名游泳課，立志學會蝶式。第一期的課程只有我和另一名同事，Katie沒教我們怎麼游蝶式，反而要我們一項一項改正自由式的姿勢，第一期課程結束，我們連蝶腰都沒做過。因為Katie說要先把自由式游得好、肌肉都協調了，蝶式才會學得好，游起來才會輕鬆漂亮。我們兩個學生就這樣跟著她學了好幾期的課程，Katie上課很強調基本動作，但是更強調怎麼去感受水和自己的身體，有好的水感，身體自然會調整出低水阻的姿勢和動作，感受自己的呼吸和肌肉動作，自然去調整出最協調的節奏。Katie不但教會了我們蝶式，更教會我們怎麼去和水互動，去享受游泳的過程。

那時候Katie才是個剛畢業的小女生，上課時總是面無表情還帶著一點點殺氣，或許是要展現出她的專業，或許是怕學生油條不聽話，總之她是一個很認真教學，也很用心將她所知道的傳授給學生的教練。幾期的課程下來，我和我太太還有幾個同事都和她成為了好朋友，也才慢慢了解她細膩的一面。之後Katie轉換跑道去了創意廚房工作，我們的聯絡並沒有因為這樣就斷了，反而家裡有派對時，都會邀請Katie來參加，她不但是我們的客人，也是我們的大廚。另外一位同事的先生，因為長年在新加坡和美國讀書工作，練就了一手融合東西方料理的好手藝，大家喜歡圍著廚房中島和吧台，聽Katie和他談論怎麼樣搭配和料理我所準備的食材，耳濡目染之下我也說得一口好菜！

可惜的是當Katie到無菜單餐廳歷練的時候，我想那也是她料理功力大增的時候，我因為工作的關係，舉家搬到德州奧斯汀，自此無福享受她的美食料理。沒想到幾年後Katie創業了，開了自己的餐廳，常常在Facebook上看到她分享餐廳的菜色，更沒想到的是又過了幾年，她要出書了，還找我這個老朋友幫她寫序。

十幾年來，Katie有很大的轉變。從一個青澀的社會新鮮人，在生活和工作中找尋適合自己走的路，一路走來，唯一不變的是她認真的態度。雖然社會的現實常常是殘酷的，但她還是在這當中堅持住，學會放慢腳步，去欣賞沿路令人感動的故事，並且嘗試去寫自己的故事。我想就像是游泳一樣，Katie除了注重料理的基本功，她更注重的應該是飲食如何融入我們的生活，我們怎樣藉由烹調和享受飲食的過程去感受生活中點點滴滴的感動。希望Katie的故事和食譜，讓您有時也放慢腳步，動手做自己喜歡或是心愛的人喜歡的料理，或許沒有星級飯店美味，但一定是令人感動的味道。

美國奧斯汀科技公司
Technical Manager
Alan Lai

Chapter

地獄廚房的
甘與苦

照燒雞腿

材料：
去骨雞腿1支

醃料：
1. 醬油20g
2. 味醂20g
3. 清酒10g

調味料：
1. 醬油20g
2. 味醂20g
3. 清酒20g
4. 麥芽糖10g

裝飾：
白芝麻少許

作法：

1. 將去骨雞腿修除多餘的雞皮、筋與軟骨，雞腿肉較厚的部分用刀劃開，將整片雞腿肉調整成厚薄一致，避免受熱不均，有些地方燒焦，有些地方不熟的問題。

2. 取一容器加入醃料混合均勻，放入去骨雞腿醃漬一晚。

3. 取另一有把手的鍋加入調味料攪拌煮滾後，轉小火熬煮至醬汁呈稠狀，即可關火完成照燒醬。

4. 取一平底不沾鍋倒入10元硬幣大小面積之沙拉油，熱鍋後雞皮面朝下並蓋上透明鍋蓋。

5. 觀察雞肉周圍變成白色後，開啟鍋蓋，將雞腿翻面轉小火，兩面煎至金黃色。

6. 鍋中雞腿加入適量照燒醬，待醬汁將要收乾時即可盛盤，最後撒上白芝麻。

1. 無論是乾煎或做簡單的炒製，因為雞肉已經醃漬入味且厚薄一致，故本書食譜中的雞肉料理，皆可使用此一料理方式加以變化。

2. 建議雞肉可一次大量醃漬所需之分量，分裝冷凍保存，每餐用量可依需求片數退冰使用。（整坨放冰箱，雞腿會凍成一團沒辦法一片一片分開，所以要在冷凍前先分裝）

3. 因雞肉有厚度且已使用醬油醃漬後容易燒焦，故煎雞肉時請使用小火。

The Method of Making Chicken

有一位揹著背包騎腳踏車來用餐的小男生

每次都會點綠咖哩雞飯

在最後一次見面時告訴我

他要離職回台北了

拿出藏在包包裡的護手霜送給我

正當我疑惑為什麼要送我護手霜時

小男生說：「 我媽媽也是廚師

我還特地打電話問她，平時在擦的護手霜是哪一個牌子

我想送給妳，妳做的綠咖哩雞很好吃。 」

我除了向他說聲謝謝之外

還告訴他說：「 如果有空到新竹玩，若我的店還在，

歡迎再回來吃飯喔～ 」

就這樣

菜單上的這道綠咖哩雞，還為他保留到現在

南洋綠咖哩雞

南洋綠咖哩雞

材料：
1. 去骨雞腿1支，切成8塊

調味料：
1. 綠咖哩醬20g
2. 椰漿100ml
3. 糖2小匙
4. 檸檬葉2片

作法：
1. 取一平底不沾鍋倒入10元硬幣大小面積之沙拉油，熱鍋後雞皮面朝下並蓋上透明鍋蓋。
2. 觀察雞肉周圍變成白色後，開啟鍋蓋，將雞肉翻面轉小火，兩面煎至金黃色。
3. 依序加入調味料蓋上鍋蓋，燉煮至雞肉全熟並且入味。

---

1. 椰漿建議挑選品質優良之產品，會使料理更加香濃。
2. 雞肉兩面煎至金黃色時，鍋子中央撥開一個空間，爆香辣椒片後加入香茅片一起燉煮，最後起鍋前加入九層塔，增添綠咖哩的香氣。
3. 此作法亦可運用於南洋紅咖哩。

乾煎鮭魚排

　　凌晨十二點，準備從宜蘭出發前往基隆崁仔頂北台灣最大漁市場；餐廳為了提供最新鮮的生魚片與最高級的海鮮，曾老師和我會先到基隆廟口填飽肚子後，才開始今天的採買工作。

　　不愧是有雨都之稱的基隆，我們早已習慣不撐傘也不穿雨衣，淋著雨挑選漁貨；曾老師拉著推車一路走在前方，一箱一箱的漁貨陸續被挑選上車，一趟不夠還會再走回貨車先上貨，繼續第二趟採買，而我緊跟在後方，記魚種、買單、記帳，霹靂腰包與筆記本早已溼透，回程在車上準備的毛巾，第一時間不是先擦乾自己淋濕的身體與頭髮，而是保護我的記帳本，深怕雨水將字跡暈染。

　　回到宜蘭餐廳打完冰，整頓好剛採買完的海鮮後，已是凌晨四點，趕緊回去補眠，準備一早上班向師傅報告昨天買的魚分別是什麼，凌晨往返採買雖然疲憊；但我仍然樂此不疲，每次抵達崁仔頂還是會充滿好奇心，看看今天又有什麼特殊的魚。

乾煎鮭魚排

材料：
鮭魚排1片

佐料：
檸檬片

調味料：
1. 現磨海鹽
2. 現磨黑胡椒

作法：
1. 鮭魚用廚房紙巾吸乾表面水分，兩面撒上現磨海鹽與現磨黑胡椒調味。
2. 取一平底不沾鍋，熱鍋後放入鮭魚排，待一面煎至金黃色後，翻面轉小火，兩面煎上色後即可盛盤。

1. 魚排下鍋時不急著翻動，避免降低鍋溫。
2. 因鮭魚含豐富油脂，故熱鍋時不需要再倒入沙拉油。
3. 建議選擇面寬且帶有縫隙的鍋鏟，除了方便翻動魚肉不易鬆散之外，透過鍋鏟的縫隙亦較容易觀察食材背面之上色程度，用以判斷可否翻面。

Tips

在宜蘭工作的這段時間

最常吃的食材除了海鮮之外

再來就是下班後的一碗小羊肉，極其撫慰我的心

又是一連下了好幾天的雨

既濕冷又憂鬱的天氣

拖著漸漸瘦弱的身子下班

腳趾也因長時間穿高跟鞋磨破皮而腫脹不堪

這時候開車去礁溪吃一碗小羊肉再回家吧

是今天對自己最好的犒賞

先喝一口藥膳湯頭，暖了自己的心

再品嘗鮮甜的羊肉，暖了自己的胃

最後來一盤羊油麵線

告訴自己

「明天會更好」

嫩煎小羔羊排

嫩煎小羔羊排

材料：
小羔羊排4支

調味料：
1. 現磨海鹽
2. 現磨黑胡椒
3. 新鮮百里香

作法：
1. 刀背輕敲羊排兩面使肉質鬆弛，敲至整片厚薄一致，避免受熱不均。
2. 羊排於**料理前30分鐘，恢復至室溫**，兩面撒上現磨海鹽、現磨黑胡椒與新鮮百里香葉調味。
3. 取一平底不沾鍋倒入10元硬幣大小面積之沙拉油，熱鍋後放入羊排，待一面煎至深褐色後，翻面轉小火，依個人喜愛熟度，將兩面煎上色後即可盛盤。

---

1. 羊排先恢復至室溫後再煎，可以避免外面焦，但是中心還是冷的狀況。
2. 羊排下鍋時不急著翻動，避免降低鍋溫。
3. 建議使用新鮮的百里香，除了香氣優於乾燥的百里香之外，乾燥的百里香會附著在羊排上，吃起來會有渣渣的口感。

Tips

每個人都有小時候不敢吃的食物

但長大之後卻懂得慢慢欣賞

也許是青椒

也許是苦瓜

也許是紅蘿蔔

也許是香菜

味覺會改變

人也會跟著變

時間帶走了你的過去

也帶走了過去的你

醬燒苦瓜

醬燒苦瓜

材料：

1. 白苦瓜1條，對剖去籽，
   挖內膜後切成16塊
2. 嫩薑半支，切薄片
3. 辣椒1支，切斜片
4. 蒜仁2瓣，切片
5. 豆鼓10g

調味料：

1. 蠔油40g
2. 醬油膏30g
3. 糖10g
4. 水300ml
5. 香油少許

作法：

1. 取一不沾炒鍋倒入約50元硬幣大小用量之沙拉油，熱鍋後將苦瓜兩面煎至呈金黃色且四周乾煸後取出。
2. 鍋中爆香薑片、辣椒片、蒜片與豆鼓。
3. 加入調味料至水滾後再放入苦瓜，轉小火煮至湯汁將要收乾，最後滴入香油。

每到夏天

早上5點半起床到市場採買備料

加上廚房高溫且高濕度的環境

悶熱到我經常中暑和胸悶

甚至需要準備隨身氧氣瓶

我覺得除了吃藥外應該還有更好的食療方法

請教中醫師後

建議可以多喝四神湯改善症狀

四神湯既能滿足我的口腹之慾

又可以幫助我改善身體的不適

所以我想教大家這道料多味美的湯品

四神湯

四神湯

材料：

1. 蓮子6錢、薏仁6錢、茯苓4錢、芡實4錢或至中藥行配一帖四神，洗淨後泡水約30分鐘
2. 豬小腸1副，可分成4次燉煮
3. 豬小排300g

調味料：

1. 鹽少許
2. 米酒少許
3. 當歸1片，浸泡於米酒

作法：

1. 豬小腸加入麵粉搓洗，搓洗後將水倒掉，再注入新的水，倒入白醋搓洗第二次且翻面洗淨，亦可向攤販購買洗好的豬小腸，或是大賣場購買燙好的豬小腸，可省略搓洗的步驟。
2. 起一鍋熱水汆燙豬小腸後洗淨，再重新起一鍋乾淨的熱水，放入蔥段、薑片、花椒粒燉煮豬小腸至筷子可穿透的軟度，瀝乾後將腸子切成5公分長。
3. 起一鍋熱水汆燙豬小排後洗淨瀝乾。
4. 將所有食材放入電鍋內鍋，加水至淹過食材的高度，外鍋兩杯水待跳起時再燜一下。
5. 起鍋後，可依個人喜好酌量加入鹽與當歸酒。

1. 建議豬小腸可一次大量燉煮所需之份量，分裝冷凍保存。
2. 為增添食材豐富性，可加入新鮮山藥一起燉煮。

Tips

Chapter

消暑飲品與
涼拌菜

洛神花茶

18歲起有捐血的習慣，因為喜歡可以幫助別人的感覺，不知道從什麼時候開始，因「先天性二尖瓣脫垂」竟然讓我不能捐血了，除非提出心臟專科醫生之診斷證明書。

於是我為了這件事，跑去醫院做檢查，醫生說：「我第一次聽到是因為要捐血這個理由要開證明，為什麼妳這麼想捐血呢？」我回答醫生：「因為我是O型，所以捐血可以救很多人。」經過一連串的檢查，最後順利取得診斷證明書，我又可以開始捐血了。

幾個月之後，身體又因血紅素未達標準，未能持續捐血救人的心願，於是我開始攝取含鐵質豐富的食物。適逢有客人送我自家庭院摘種的洛神花，夏季煮來喝，開胃兼補鐵最適合不過了。

洛神花茶

材料：（以每1000ml分量的水）　　調味料：

1. 洛神花8g　　　　　　　　　　　1. 冰糖40g
2. 仙楂5片　　　　　　　　　　　2. 紅糖40g
3. 甘草2片
4. 烏梅2顆
5. 話梅1顆

作法：

1. 將洛神花、仙楂與甘草，快速洗淨後瀝乾。
2. 取一水壺將1000ml的水煮滾，放入所有材料轉小火，熬煮約5分鐘至有香氣。
3. 關火蓋上蓋子燜約5分鐘。
4. 過濾後，依個人喜好酌量加入冰糖與紅糖攪拌均勻即可。

1. 水與材料的比例，可依個人喜好調整。
2. 材料建議煮後即丟，若續煮，香氣與味道隨之遞減。

Tips

菊花茶

材料：（以每1000ml分量的水）　　調味料：
乾燥菊花2g　　　　　　　　　　　1. 冰糖40g
　　　　　　　　　　　　　　　　2. 紅糖40g

作法：

1. 將乾燥菊花快速洗淨後瀝乾。
2. 取一水壺將1000ml的水煮滾，放入材料轉小火，熬煮約5分鐘至有香氣。
3. 關火蓋上蓋子燜約5分鐘。
4. 過濾後，依個人喜好酌量加入冰糖與紅糖攪拌均勻，冷藏後即可品飲。

---

1. 水與材料的比例，可依個人喜好調整。
2. 材料建議煮後即丟，若續煮，香氣與味道隨之遞減。
3. 若要添加蜂蜜，建議待菊花茶涼後再行調味，避免破壞蜂蜜的營養成分。

涼拌小黃瓜

材料：

1. 小黃瓜3根，每根縱切後對剖，再橫切成6公分長條狀
2. 蒜仁2瓣，切片
3. 辣椒1條，切斜片

調味料：

1. 食鹽2小匙
2. 砂糖30g
3. 白醋15g
4. 香油少許

作法：

1. 小黃瓜洗淨切成條狀，撒上食鹽拌勻，等待約30分鐘後，將小黃瓜釋出的水分倒掉，以冷飲用水洗淨小黃瓜後瀝乾。
2. 加入砂糖、白醋、香油、蒜片與辣椒片，一起抓醃小黃瓜，放入保鮮盒中冷藏入味。

---

1. 砂糖與白醋比例為2：1，每根小黃瓜取10克砂糖，5克白醋以此類推。
2. 香油建議挑選品質優良之產品，香氣較佳，會使涼拌料理更添風味。
3. 可依個人喜好添加花椒粒和辣油。

台式泡菜

材料：

1. 高麗菜半顆，去除菜梗後，
   切成小片狀
2. 紅蘿蔔1小段，切絲配色用
3. 蒜仁2瓣，切片
4. 辣椒1條，切斜片

調味料：

1. 食鹽（約高麗菜重量之5%）
2. 冰糖80g
3. 砂糖20g
4. 白醋100g
5. 冷飲用水50ml

作法：

1. 高麗菜與紅蘿蔔絲放入鋼盆後，撒上食鹽拌勻，等待約1小時，將盆中的水倒掉。以流動自來水之小水流沖洗高麗菜約30分鐘，洗淨後瀝乾。
2. 將高麗菜、紅蘿蔔絲、蒜片與辣椒片放入保鮮盒或玻璃罐，倒入冰糖、砂糖、白醋與冷飲用水，封蓋後均勻搖晃，冷藏約2至3天入味。

---

1. 糖與白醋之比例爲1：1。
2. 葉菜類於以食鹽拌勻時，請盡量以鋼盆進行翻動，避免用手翻拌以免造成菜傷，雖然不影響口感但影響美觀。
3. 裝入保鮮盒或玻璃罐保存，每隔一晚均勻搖晃，使葉菜平均沾附泡菜汁。
4. 可依個人喜好添加花椒粒。
5. 可將白醋改成梅子醋或其他果醋，亦可混和白醋與果醋醃漬泡菜，增添不同風味。

Tips

Chapter

快速簡單
蔬食料理

清炒高麗菜

材料：

1. 高麗菜半顆，切片，分成帶菜梗的高麗菜與高麗菜葉
2. 蒜仁3瓣，用刀面壓扁
3. 辣椒1條，切斜片

調味料：

1. 鹽1小匙
2. 糖1小匙

作法：

1. 洗淨高麗菜後浸泡在鋼盆裡，待要下鍋炒時，分數次抓取高麗菜輕甩水珠後放入鍋中。
2. 取一不沾炒鍋熱鍋後，倒入約50元硬幣大小面積之沙拉油（熱鍋冷油），爆香蒜仁與辣椒片。
3. 放入帶菜梗的高麗菜，平均攤於鍋面上使之均勻受熱，不需急著翻炒，待菜梗變軟後再翻炒均勻，加入高麗菜葉與調味料快速翻炒，鹹度依個人喜好酌量調整。
4. 高麗菜不需完全翻炒至預計脆度即可盛盤，因蔬菜於盛盤後，會持續後熟變軟。

---

1. 避免不停翻炒高麗菜，導致降低鍋中溫度。
2. 避免蓋鍋蓋，雖高麗菜會較快燜熟，但蔬菜易釋出水分而變軟。
3. 高麗菜浸泡於鋼盆中，可增加青菜輕脆度，待要下鍋炒時，再抓取高麗菜輕甩水珠，故炒青菜中途不需再加水，加入調味料後亦會讓蔬菜繼續釋出水分，如此才可保留蔬菜原有之甜度。

滷白菜

材料：

1. 白菜1顆，切段，分成白菜梗與
   白菜葉
2. 香菇3朵，切除蒂頭後，切片
3. 蒜仁3瓣，用刀面壓扁
4. 蝦米8尾，快速洗淨後瀝乾

調味料：

1. 鹽1小匙
2. 冰糖1小匙
3. 白胡椒粉少許

作法：

1. 取一不沾炒鍋熱鍋後，倒入約50元硬幣大小面積之沙拉油（熱鍋冷油），爆香
   香菇片至金黃色後，再放入蒜仁與蝦米。
2. 放入白菜梗，平均攤於鍋面使之均勻受熱，不需急著翻炒，待菜梗變軟後再翻
   炒均勻，加入白菜葉、鹽與冰糖，依個人喜好酌量調整，蓋上透明鍋蓋。
3. 白菜會繼續釋放出湯汁，此時須將鍋底白菜往上翻，燉煮至白菜變軟，最後撒
   上白胡椒粉。

1. 白菜梗較不易煮軟，故備料時，可先分為白菜梗與白菜葉，兩盆分開清
   洗。
2. 剛開始燉煮的白菜尚未釋出很多湯汁，故須注意鍋底避免燒焦。

Chapter

食物的記憶
與傳承

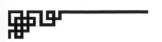

食物的記憶

民以食為天

人生除了可以用寫作拍照紀錄外

食物更是不著痕跡地烙印在我們深層的記憶中

默默地紀錄我們每段時間的生活與心情

你的食物記憶是哪一道菜呢？

　　奶奶愛吃枇杷，但是這水果實在嬌貴，媽媽會在枇杷的產季，特地買一小串孝敬奶奶。家裡有 4 個小孩，小時候奶奶會叫我到她的房間去，小心翼翼地捧著被衛生紙包裹的枇杷，用輕柔的手一層一層地剝除枇杷皮，奶奶的手掌涎在我的小臉下，一口一口餵我吃。

記憶中的滋味好甜

穿旗袍的奶奶好疼我

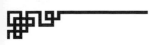

傳承

　　小時候放學回家，廚房總是傳來陣陣香味，媽媽每天親手做出各式各樣美味佳餚，母親會的拿手料理實在多到數不清，就連街坊鄰居都會請母親代為料理。

現在長大了

我想和媽媽學習節慶料理

舉凡

春節的佛跳牆

清明節的草仔粿

端午節的肉粽

中秋節的蛋黃酥

等等

這些都是非常費時、費力又費工的菜餚

　　隨著媽媽年紀越大，這些手路菜沒有食譜，只能靠經驗的累積，我希望能傳承媽媽的味道，讓孩子們心中的幸福滋味永遠延續。

有一次回老家我跟母親說：

「九層塔好難保存喔～冷藏沒幾天就會變黑」

沒想到下一次再回到家

母親已經在家門口種了幾盆紅梗九層塔

告訴我

若我有需要隨時回來剪新鮮的九層塔

母親精神上的支持與愛一直都在

不論兒女發生什麼事

她都會張開雙手永遠歡迎我們回家

這就是我的母親

總是為孩子默默地付出且不求回報

塔香三杯雞

塔香三杯雞

材料：
1. 去骨雞腿1支，切成8塊
2. 九層塔1大把，洗淨瀝乾

調味料：
1. 醬油膏20g
2. 蕃茄醬20g
3. 蠔油40g
4. 砂糖10g
5. 米酒15ml

作法：
1. 取一平底不沾鍋倒入10元硬幣大小面積之沙拉油，熱鍋後雞皮面朝下並蓋上透明鍋蓋。
2. 觀察雞肉周圍變成白色，開啟鍋蓋，將雞肉翻面轉小火，兩面煎至金黃色。
3. 加入適量混合好的調味料翻炒均勻，醬汁呈稠狀將要收乾時加入九層塔，關火拌炒三下即可盛盤。

1. 雞肉兩面煎至金黃色時，鍋子中央撥開一個空間，倒入10元硬幣大小面積之黑麻油，以小火爆香老薑片、蒜仁與辣椒片，增添三杯雞的風味。
2. 醬油膏：蕃茄醬：蠔油比例為1：1：2，取一容器完成調味料比例調配且攪拌均勻。
3. 建議醬油膏、蕃茄醬、蠔油可一次調製所需之分量，並裝瓶冷藏保存，每餐用量可依料理分量酌量使用。
4. 此醬汁亦可運用於其他三杯料理，例如：三杯中卷、三杯杏鮑菇。

Tips

糖醋雞

材料：
去骨雞腿1支，切成8塊

裝飾：
白芝麻

調味料：
1. 蕃茄醬50g
2. 砂糖50g
3. 白醋50g
4. 梅林醬油5g
5. A1牛排醬10g

作法：
1. 取一平底不沾鍋倒入10元硬幣大小面積之沙拉油，熱鍋後雞皮面朝下並蓋上透明鍋蓋。
2. 觀察雞肉周圍變成白色後，開啟鍋蓋，將雞肉翻面轉小火，兩面煎至金黃色。
3. 加入適量混合好的調味料翻炒均勻，醬汁呈稠狀將要收乾時即可盛盤，最後撒上白芝麻。

---

1. 蕃茄醬：砂糖：白醋比例爲1：1：1，先取一容器完成調味料比例調配且攪拌均勻。
2. 建議調味料可一次調製所需之分量，裝瓶冷藏保存，每餐用量可依料理分量酌量使用。
3. 此醬汁亦可運用於其他糖醋料理，例如：糖醋魚片、糖醋咕咾肉、京都排骨。

Tips

麻油雞

材料：
1. 去骨雞腿2支，每支切成8塊
2. 老薑1小段，切薄片
3. 高麗菜1大把，切片

調味料：
1. 黑麻油2大匙
2. 米酒100ml
3. 雞高湯100ml（高湯塊或罐頭高湯）
4. 枸杞少許

作法：
1. 取一平底不沾鍋倒入10元硬幣大小面積之沙拉油，將薑片煸至邊緣呈捲曲，雞皮面朝下並蓋上透明鍋蓋。
2. 觀察雞肉周圍變成白色後，開啟鍋蓋，將雞肉翻面轉小火，兩面煎至金黃色，放入高麗菜。
3. 加入米酒、雞高湯與枸杞，分量可依個人喜好酌量增減，蓋上透明鍋蓋。
4. 燉煮至高麗菜變軟且酒氣揮發，最後淋上黑麻油。

最後淋上黑麻油，可避免鍋溫燒得過熱而產生苦味（因為麻油沸點低）。 Tips

起司歐姆蛋

　　國小三年級時，家裡開了早餐店，上學前都會在家吃完早餐才出門，可是每次一進到教室，我總覺得自己身上有油煙味，爲此感到非常難受。

　　升上高中後，我會把媽媽做好的早餐，帶回樓上房間吃，直到爸爸要載我上學前，才會快步離開店面，就是深怕衣服又沾染上油煙味。

　　有一次，媽媽問我怎麼不在店裡吃早餐要進房間吃呢？我回媽媽說：「我覺得油煙味很臭！」

　　現在長大了，覺得當時的話一定很傷媽媽的心，但媽媽卻沒有因此唸過我一句，每天照樣做美味又營養的早餐給我吃，沒想到現在的我也開了早餐店，感觸特別地深。

我想說：

「媽媽我愛你，我想替當年18歲的我，跟您說聲對不起。」

起司歐姆蛋

材料：
1. 雞蛋3顆
2. 起司絲1小把

調味料：
1. 鮮奶50ml
2. 現磨海鹽

作法：

1. 將雞蛋打入碗中，取另一個缽加入鮮奶與現磨海鹽調味後，倒入雞蛋，以打蛋器攪拌均勻。

2. 取一直徑20公分平底不沾鍋，倒入約50元硬幣大小面積之沙拉油，熱鍋後搖晃鍋子使沙拉油平均沾附於鍋面，倒入作法（1）之蛋液。

3. 待鍋邊蛋液稍微凝固，將鍋邊半固態狀蛋液往鍋子中央推動，手持鍋把傾斜讓未熟的蛋液繼續流往鍋邊，持續此動作直至個人喜好之熟度。

4. 關火後，在靠近鍋把的半圓形蛋面上加入起司絲，鍋鏟從另一端半圓形撥起蓋在起司絲上方。

---

1. 此道菜可在鍋中多倒入沙拉油（3個50元硬幣），因雞蛋吸收油脂速度很快，可避免蛋液黏鍋。

2. 熱鍋時若多加點油，蛋煎起來亦會比較澎潤，並帶有金黃焦香感。

3. 此蛋液亦可運用於其他煎蛋料理，例如：九層塔煎蛋、菜脯蛋、蔥蛋。

Tips

酒香炒蛤蠣

蛤蠣的笑容具有感染力，你一開口笑，我嘴角也會不自覺地上揚，因為知道等一下有鮮美的蛤蠣肉可以吃了。

想起高中三年，幾乎每天上下課都是由父親接送，終於在畢業的最後一天放學時，父親在車上對我說：「妳好像沒有喜歡我來接送，看到我都不會笑。」我卻回父親說：「我下課就很累了，而且誰叫你要把我生得不笑就是臭臉的樣子！」

家裡四個小孩，爸爸只接送我每天上下學，而且必定停在校門口，教官連番幾次勸說要停在前方，但父親深怕我會找不到他，或多走幾步路會淋到雨，所以始終停在正門口，等我這個寶貝女兒放學一出校門可以直接載回家。

直到現在，我依然沒有勇氣向父親提起這件事，當決定要出版這本書時，除了是送給自己最好的生日禮物之外，同時也是向父親懺悔當時18歲不懂事的我，傷了你的心，還要親口告訴父母親，謝謝您們把我生得這麼好。

酒香炒蛤蠣

材料：
1. 蛤蠣1斤
2. 蒜仁3瓣，切片
3. 辣椒1根，切斜片
4. 九層塔1大把，洗淨瀝乾

調味料：
1. 料理清酒15ml
2. 香油少許

作法：
1. 將蛤蠣浸泡海水程度的鹽水中，蓋上不透光之盤子或鍋蓋，放置室溫吐沙2小時，蛤蠣確實洗淨後瀝乾。
2. 取一炒鍋倒入10元硬幣大小面積之沙拉油，熱鍋後爆香蒜片、辣椒片，倒入蛤蠣和料理清酒並蓋上透明鍋蓋。
3. 待蛤蠣殼開啟後，掀開鍋蓋加入九層塔，關火翻炒三下，最後淋上香油。

1. 鹽水濃度比例，水：鹽=1000ml：30g
2. 請使用料理清酒，若使用已開封之清酒，風味會偏酸。

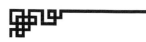

幸福早餐

　　從小家裡經營早餐店，養成了家裡小孩會吃完早餐再去上學的習慣，但弟弟到學校後，書桌上總是還有五、六份早餐；因為弟弟是籃球校隊的風雲人物，愛慕者眾。

　　弟弟與弟媳尚未成家前，弟媳曾要求弟弟買早餐給她吃，弟弟只帥氣的留下一句：「從來只有女生買早餐給我吃。」

　　現今弟弟已成家，擁有兩個可愛的兒子，現在的他，是個稱職的好爸爸、好丈夫，除了花費很多時間與心力陪伴家人之外，弟弟還會為家人親自下廚，比起學生時期愛慕者送的早餐，如今家人吃弟弟親手做的料理，更是充滿愛與幸福。

荷包蛋

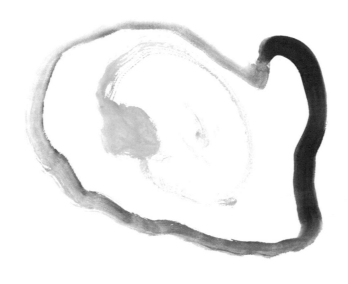

工作結束回到家

渴望被照顧的感覺

即便是不擅於烹飪的人

為你下廚，煮了一碗泡麵還加了顆荷包蛋

我覺得就是滿滿的愛啊！

這種不曬照片的日常

才是真正的幸福

不是嗎？

荷包蛋

材料：雞蛋1顆

調味料：現磨海鹽

作法：

1. 將雞蛋打入碗中，取一平底不沾鍋並倒入10元硬幣大小面積之沙拉油，熱鍋後將雞蛋倒入鍋中。
2. 觀察蛋白邊緣呈金黃色且開始起泡，加入現磨海鹽調味後，即可翻面關火。
3. 稍微搖晃鍋中之荷包蛋，待荷包蛋可輕易移動時，即可盛盤。

挑選新鮮雞蛋時，選擇蛋殼光滑且具分量為佳，新鮮雞蛋之蛋黃結實高挺，蛋白稠度亦較高，荷包蛋在翻面時不容易破損。 Tips

胡椒蝦

一道讓我膽戰心驚完成的料理—胡椒蝦

不是因為蝦子有多生猛危險

而是我對蝦子過敏

為了做菜給自己在乎的人吃

似乎一切都可以克服

　　從洗蝦子開始必須配戴手套，直到完成料理。我冒著可能會過敏的危險，鼓起勇氣淺嘗一口蝦肉，才能知道下次口味如何調整，胡椒鹽和黑胡椒可以下更重一點，紅辣椒可以改成朝天椒，讓辣度與黑胡椒有所區別，提升味道的層次。這樣用心的程度，應該有超越為心愛的人剝蝦吧！

弟弟也對蝦子過敏

但他更勇氣可嘉

會事先吃過敏藥再大口吃蝦

可見蝦子的美味實在讓人難以抵擋

胡椒蝦

材料：
蝦子5尾

調味料：
1. 蒜仁2瓣，切碎末
2. 嫩薑2片，切碎末
3. 辣椒1根，切碎末
4. 胡椒鹽，依個人喜好酌量加入
5. 現磨黑胡椒，依個人喜好酌量加入

作法：
1. 蝦子剝除蝦殼，保留蝦頭與蝦尾，刀子劃開蝦背去除腸泥後洗淨。
2. 用廚房紙巾吸乾蝦子表面之水分，防止下鍋時出水或油爆。
3. 取一平底不沾鍋倒入10元硬幣大小面積之沙拉油，熱鍋後排放蝦子避免重疊，蓋上透明鍋蓋。
4. 觀察蝦子周圍變成白色後，開啟鍋蓋，將蝦子翻面轉小火，鍋子中央撥開一個空間，倒入10元硬幣大小面積之沙拉油，爆香蒜碎、薑碎與辣椒碎。
5. 鍋中蝦子加入胡椒鹽和現磨黑胡椒，翻炒均勻即可。

---

1. 爆香時記得使用小火，尤其是蒜碎容易爆香過頭變苦。
2. 刀子劃開蝦背後，未烹煮的蝦肉是透明的，若炒熟會呈現白色。
3. 冷凍蝦子可以自來水沖水快速退冰，為海鮮類中，可以即時料理之品項。

你知道你哪天最幸福快樂嗎？

人在經歷幸福與快樂的時光時

沒有餘力感受當下的知足常樂

只有等待時間過去了

才能意識到自己曾經是多麼的快樂

如果時光能倒流

你最想回到哪一天呢？

知足

乾煎白鯧魚

又到了每個月拜拜的時候，媽媽今天煎了一尾白鯧魚，準備祭祀祖先，沒想到還沒拜完，魚竟然從神桌上消失不見！原來是大姊把魚帶回房間，餵我們吃完了，媽媽事後知道，只責備大姊，大姊扛下了所有責任，一心只想要把美味的白鯧魚分享給弟妹，若時光能倒流，我想我會更有勇氣站出來與大姊一起承擔責任，跟媽媽說：「媽媽，魚是我們一起吃掉的，不要只責怪大姊。」

醬油燉肉丸

小時候，奶奶會在車庫餵我跟弟弟吃醬油燉肉丸拌稀飯，有一次我與二姊在搶同一輛腳踏車，奶奶為了制止我們，不小心推了二姊一把，撞到車庫的紅色鐵門，二姊因此額頭多了一道傷疤，雖然當時的我搶到了腳踏車，卻沒因此而幸災樂禍。對於二姊額頭上的疤痕，我心中一直有愧疚感，玩樂的慾望只在一時，但二姊臉上的疤痕卻會跟隨她一輩子。

蒜泥肉片

材料：

1. 梅花豬火鍋肉片或五花肉
   火鍋肉片1盒
2. 蒜仁2瓣，切碎末

調味料：

1. 醬油膏30g
2. 砂糖5g
3. 白醋1g
4. 冷飲用水10ml
5. 香油2g
6. 辣油2g

作法：

1. 取一有把手的鍋將水燒開，火鍋肉片每片分散汆燙後，以漏勺撈起肉片，瀝乾水分後盛盤。
2. 將調味料與蒜碎攪拌均勻，淋上肉片或當沾醬使用皆可。

此醬汁亦可運用於其他味道清淡之食材，例如：豆腐、秋葵。 Tips

蒜苗炒鹹豬肉

材料：
1. 豬五花肉1條
2. 蒜苗2支，切斜片，分成蒜白與蒜綠
3. 辣椒1支，切斜片

調味料：
1. 醬油1小匙
2. 糖1小匙
3. 米酒1小匙
4. 白醋1小匙
5. 香油少許

醃料：
1. 現磨海鹽
2. 現磨黑胡椒
3. 花椒粒10粒
4. 丁香2個
5. 八角1個
6. 五香粉，1大匙
7. 香蒜粉，1大匙
8. 醬油1大匙
9. 糖1大匙
10. 米酒1小匙

作法：
1. 依序將醃料均勻薄撒在豬五花肉條兩面，塗抹均勻冷藏醃漬入味約三天。
2. 取一平底不沾鍋倒入50元硬幣大小面積之沙拉油，熱鍋後將切好約1cm厚度的鹹豬肉炒至變色之後，加入飲用水至淹沒肉條的高度，燉煮至水分將要收乾。
3. 鍋子中央撥開一個空間，倒入10元硬幣大小面積之沙拉油，爆香蒜白至金黃色，加入蒜綠與辣椒片，翻炒至鹹豬肉表面呈金黃焦香。
4. 沿著鍋緣淋一圈醬油，依序加入其他調味料快速翻炒均勻，最後滴入香油。

1. 醃漬好的鹹豬肉不宜切太寬，因食材本身醃漬過，味道較重。
2. 豬皮可依個人喜好保留或修除，可將醃漬好的鹹豬肉分切包裝，冷凍保存。

Tips

The Method of Cooking Salted Pork

負評

　　剛創業時，我覺得店家應該要勇敢替自己發聲，既然留負評的客人回來光顧的機率很低，但客人的留言與店家的回覆都會被下一個上網查看評論的人看到，我覺得不同的意見都需要被尊重，所以我想讓大家看到雙方的立場，如此看完回覆的客人，可以自行評估是否選擇前往用餐；把眼光放遠 一點，這些店家回覆是給潛在顧客看的，不是讓已經給你負評的客人看。

但是

一直在期許自己能變得更加成熟的我

會不會到頭來才發現根本不需要理會？

辣椒醬

材料：
1. 紅辣椒240g
2. 朝天椒120g
3. 紅蔥頭120g
4. 蒜仁120g
5. 沙拉油300g

器具：
食物調理機

作法：
1. 將所有材料使用食物調理機，依蒜仁、紅蔥頭與辣椒之順序分別打碎。
2. 取一炒鍋倒入300g沙拉油，冷鍋冷油即可下鍋炒辣椒碎，炒至水分蒸發且油變清澈。
3. 續炒紅蔥頭碎至油變清澈。
4. 最後加入蒜碎炒至油變清澈，完成所有炒製動作後，將辣椒醬倒入鋼盆放涼後裝瓶，建議冷藏三天後再享用，辣味較溫順。

1. 建議準備一支鐵湯匙，撈起鍋中的油判斷是否變清澈。
2. 需炒至油變清澈，表示食材水分已蒸發，辣椒醬以利於保存。

Tips

小朋友：

媽媽，等一下我們吃完早餐可以去關新公園溜滑梯嗎？

媽媽：可以啊～

媽媽：所以你以後要好好念書，考上台清交，才能買到旁邊有

公園和溜滑梯的房子，這樣就可以常常去溜滑梯了。

媽媽：

你看，那個阿姨就是沒有把書唸好，所以要在餐廳洗杯子。

我：⋯⋯

日式炒麵

日式炒麵

材料：

1. 梅花豬火鍋肉片，5片
2. 油麵160g
3. 高麗菜1大把，切片

調味料：

1. 日式豬排醬，City Super有販售
2. 蠔油
   蠔油與豬排醬比例為1：3

佐料：

1. 日式美乃滋少許
2. 海苔粉少許
3. 柴魚片少許

作法：

1. 取一不沾炒鍋倒入約50元硬幣大小用量之沙拉油，將豬肉片變色後，加入油麵與高麗菜，倒入50ml飲用水蓋上透明鍋蓋。
2. 觀察菜梗變軟後，開啟鍋蓋加入適量混合好的調味料，翻炒均勻至將要收汁即可盛盤。
3. 擠上日式美乃滋、海苔粉與柴魚片即可享用。

在店裡買單收回菜單時

偶爾會發現有小朋友在菜單上面塗鴉

家長總會一語帶過說自己的小孩愛畫畫

關於小孩喜歡在餐廳畫畫這件事

我看過一對家長

下車前會讓小孩自己背著畫冊

坐定位後，打開畫冊開始安靜畫畫

等餐點送上桌後，小孩還懂得把畫冊和色筆先收起來好好吃飯

吃完後家長再陪伴小孩繼續畫畫

並且耐心聽他說著畫裡的故事

未來我也想成為這樣的家長

從小教導孩子餐廳禮儀

菜單

客人：（動作把車道旁落地窗的簾子全部拉開）

我：不好意思，落地窗旁邊是地下車道，社區住戶的車子進進出出，會讓坐在裡面用餐的客人有壓迫感，所以建議把窗簾拉下來喔～謝謝。

客人：（不為所動，繼續用餐）

　　我開始思考，下次要怎麼說才能讓客人心甘情願，並且不留下負評與一顆星，心甘情願地把窗簾拉下來呢？終於等到這天了！

客人：（動作把落地窗的窗簾全部拉開）

我：不好意思，過年前有一位客人是風水師，他說我今年若把車道這扇窗簾拉開會有血光之災。

客人：不好意思。（動作馬上拉下窗簾）

窗簾

疫情之心靈洗滌假

好久沒有給自己放長假了

而且是讓手邊的工作真正停止

把家打造成自己喜愛的樣子

喜歡在家看書

喜歡在家聽音樂

喜歡在家喝手沖咖啡

腦中突然有出書的想法

開始停下腳步整理思緒

感受當下

剖析自己、了解自己、成就自己

香蕉牛奶

靜靜欣賞3歲姪子的創作過程，直覺挑選畫筆的顏色

還未熟練拿筆的小手，畫著印象中物體的形狀

喜歡這種天真

喜歡這種純粹

喜歡這種看世界的角度

感嘆小時候糊塗想要裝明白，長大後明白卻要裝糊塗

如今的我還在學習

什麼時候該難得糊塗？

香蕉牛奶

材料：

1. 香蕉1根，切塊
2. 鮮奶150ml
3. 飲用水50ml
4. 冰塊3塊

裝飾：

1. OREO巧克力碎
2. 新鮮薄荷葉

器具：

果汁機

作法：

1. 將香蕉塊放入果汁機，倒入鮮奶與飲用水，蓋上蓋子啟動按鈕。
2. 杯中加入冰塊，倒入打好的香蕉牛奶，表面撒上OREO巧克力碎與新鮮薄荷葉裝飾即可完成

樹木教會我的事

　　店面櫥窗前方有一棵樹，一年四季看著它變化，沒有人照顧他、為他澆水、為他施肥，但總可以度過寒冬的凋零，在盛夏長滿茂盛的綠葉，附近卻沒有其他與之並列的樹。

　　你覺得孤獨嗎？你應該很獨立也習慣獨處吧？雖歷經風霜卻依然把自己活得精采；沒有客人時，我欣賞著你，店裡繁忙時，你照看著我；就這樣我們彼此看著對方5年，你也在看著我成長與變化，沒有讚美與批評，只有守護與支持，卻讓我覺得踏實。

樹梢會朝著有陽光的方向生長

人生就是持續做出選擇的過程

樹根向下確實扎根

才能承受外在嚴峻的考驗

培養自己內心的力量

才能向前一步一步邁進

樹枝也會有停止生長的時候

等待在其尾端開花結果

愛玉

埋葬通常是生命結束的一種儀式，
但埋葬種子，卻是象徵即將展開的新生命。

愛玉

材料：

1. 愛玉籽35g
2. 燒開的自來水放涼1050ml
   愛玉籽：水=1：30（想吃軟一點或
   Q一點，再自行增減水量）

佐料：

1. 檸檬
2. 蜂蜜

作法：

1. 取一鋼盆倒入煮好微放涼的水，將愛玉籽裝進濾布袋中綁緊縮口，讓愛玉籽與濾布袋浸泡於鋼盆約5分鐘。
2. 於水中搓揉擠壓濾布袋，洗出果膠約10分鐘，待水變黏稠且呈淡黃色，倒入容器中，冷藏約30分鐘至凝固。

---

1. 洗愛玉的水需要有鈣離子才可凝結，因此使用煮過的自來水或礦泉水之硬水比較適合，不宜使用純水、蒸餾水或OR逆滲透水之軟水製作。
2. 建議愛玉凍要食用前再切，不然很容易化成水。
3. 糖水中加入愛玉丁，擠上檸檬汁或淋上蜂蜜，便是一道適合夏季消暑的甜湯。

威士忌骰子牛

　　餐桌上或許可以看出彼此關係的端倪，人在一起，不代表心就再一起，坐得離最遠的人，不代表關係就越疏遠，表面笑得越開心，內心有可能越空虛，真真假假，虛虛實實，亦敵亦友，為情為利，杯觥交錯，好不熱鬧。

　　人都會欺騙自己，怎敢奢望別人不欺騙你呢？只好努力讓自己懂得越多，就越難被騙，聰明是種天賦，善良是種選擇，生活需要時間去用心感受，而時間是最公平的禮物，如果你不花時間去創造你想要的生活，你將被迫花更多時間，去應付你不想要的生活。

如今

已不再羨慕吃大餐的人了

美酒和美食

最重要的還是跟誰一起品嘗

威士忌骰子牛

材料：
美國無骨牛小排2條，切成2cm厚度

調味料：
1. 現磨海鹽
2. 現磨黑胡椒
3. 威士忌，依個人喜好酌量加入

作法：
1. 將牛排於料理前30分鐘，**恢復至室溫**，以現磨海鹽與現磨黑胡椒調味。
2. 取一平底不沾鍋，熱鍋後將牛肉塊排放鍋中避免重疊，待一面煎至深褐色後翻面，牛肉依個人喜好熟度，將每面皆煎上色後，轉中大火，於鍋邊淋入威士忌後點火，待酒氣揮發後，快速翻炒即可盛盤。

---

1. 牛肉先恢復至室溫後再煎，可以避免外面焦，但是中心還是冷的狀況。
2. 牛肉下鍋時不急著翻面，避免降低鍋溫。
3. 淋上威士忌後，為避免火焰瞬間向上竄，故此時頭部應遠離鍋子正上方。

Tips

蔥爆牛肉

材料：
1. 牛排300g，切成5mm厚度
2. 蔥5支，切段，分為蔥白與蔥綠

調味料：
1. 金山醬油2小匙
2. 糖1小匙
3. 水1小匙
4. 太白粉1小匙

作法：
1. 牛肉片與調味料抓醃約30分鐘。
2. 取一平底不沾鍋倒入50元硬幣大小面積之沙拉油，熱鍋後爆香蔥白至金黃色後取出。
3. 將牛肉片排放鍋中**避免重疊**，待一面煎至深褐色後翻面，牛肉兩面煎上色後，再加入蔥白與蔥綠，快速翻炒均勻即可盛盤。

---

1. 牛肉片下鍋時不急著翻面，避免降低鍋溫。
2. 為增添食材豐富性，可在爆香蔥白時，加入洋蔥絲一起拌炒至呈透明狀。
3. 可依個人喜好調整牛肉形狀與厚薄度，增添口感變化。

Chapter
尋找Mr. Right

巧克力布朗尼

和一個人在一起
給你滿滿正能量
讓你起床後期待與對方迎接新的一天
讓你每晚都能安心入睡
做每件事都充滿動力
對未來充滿期待
那你就沒愛錯人

巧克力布朗尼

材料：

1. 75%苦甜巧克力100g，切小塊
2. 無鹽奶油80g，切小塊
3. 雞蛋2顆，打入碗中
4. 細砂糖100g
5. 食鹽1小匙
6. 蘭姆酒1小匙
7. 低筋麵粉60g，過篩

道具：

1. 橡膠刮刀
2. 不沾長型蛋糕模，
   長度24 x寬度8 x深度6cm

作法：

1. 烤箱以180度C預熱。
2. 將巧克力塊放入有把手的鍋，以50度溫水隔水加熱至巧克力溶解後，加入無鹽奶油混合均勻。
3. 雞蛋倒入無油且無水之乾淨鋼盆打散，細砂糖分3次加入蛋液中拌打，直至糖溶解且蛋液起泡呈鵝黃色。
4. 將作法（2）倒入作法（3），用橡膠刮刀以切劃方式混合，加入食鹽與蘭姆酒繼續切劃混合均勻。
5. 低筋麵粉分3次拌入作法（4），直至呈柔滑無顆粒狀後，倒入烤模，烤模底部與桌面敲擊3下，使空氣排出。
6. 烤箱以180度C，約烤20分鐘，巧克力布朗尼脫模後放涼。

此款布朗尼為紮實濕潤型，為使提升風味，建議挑選品質優良之巧克力與奶油為佳。

Tips

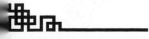

The Method of Making Brownie

可愛女人

誇一個人漂亮
也許當你看到她不漂亮的一面
就會幻滅
誇一個人溫柔
也許看到她發脾氣的一面
就會詫異
但是誇一個人可愛
無論她做什麼都會覺得可愛
因為在可愛面前
會無條件投降
會無條件淪陷

成功

　　創業5年了，有時我也在想什麼叫成功？有客人說餐廳能經營超過3年就很厲害了，我常笑說，做餐廳雖然不能大富大貴，但可以讓我養活自己做到老 。

　　成功可以是掌握趨勢大賺一筆，也可以是細水長流的經營，我想我是屬於後者；對於自己的客群定位明確，經營熟客是我的首要之事，餐廳能長長久久眞的很感謝客人長期的支持，人脈即是我最大的隱形財產，讓我從中學習到許多寶貴的經驗。

　　曾經聽過一名演員說，他喜歡演戲，因爲演戲可以體驗到很多不同的角色，每個角色都有自己的故事，在拍攝前你必須去做功課，揣摩這個人物的生活背景、動作以及眼神，但在眞實世界中，你不必成爲他，每演完一齣戲，你彷彿從這個角色裡走過他的人生。

小籠包

　　開店前幾年，有時候會覺得自己對工作或客人不再有熱情，出現工作倦怠感，這時候就會到市場附近的小籠包店買早餐，比起等待30分鐘以上出爐的小籠包，我更喜歡在旁邊默默地觀察老闆，要接聽電話、要買單、要下口令請各個崗位的員工做不同的餐點，還要幫忙記得每層小籠包還剩幾分鐘，才能精準地告知外帶客人需要等待的時間。

小籠包店老闆雖身兼數職

但是臉上卻始終保持微笑與散發熱情

每次買完小籠包之後

再回到自己的店

都有種心靈洗滌之感

會告訴自己：

「從今天起我要加油」

這樣滿滿的正能量

讓我覺得對料理的熱愛會伴隨著我直到退休……

Chapter

幕後花絮

索引

國家圖書館出版品預行編目資料

初欲／Katie著. --初版.--臺中市：白象文化事業
有限公司，2023.2
　　　面；　公分
ISBN 978-626-7189-38-2（精裝）

863.55　　　　　　　　　　　111015611

初欲

作　　者　Katie
校　　對　Katie
設計創意　康雅文
人像攝影　黃天仁
食物攝影　張育瑩
妝　　髮　李思嘉
繪　　圖　康墨青
日本酒學講師　Vinnie Hsu
贊 助 商　都市百貨股份有限公司
發 行 人　張輝潭
出版發行　白象文化事業有限公司
　　　　　412台中市大里區科技路1號8樓之2（台中軟體園區）
　　　　　出版專線：（04）2496-5995　　傳眞：（04）2496-9901
　　　　　401台中市東區和平街228巷44號（經銷部）
　　　　　購書專線：（04）2220-8589　　傳眞：（04）2220-8505
初版一刷　2023年2月
初版二刷　2023年2月
定　　價　800元

白象文化　印書小舖　出版・經銷・宣傳・設計
www.ElephantWhite.com.tw　PressStore　自費出版的領導者　購書 白象文化生活館